A FILHA PRIMITIVA

VANESSA PASSOS
A FILHA PRIMITIVA

6ª edição

Rio de Janeiro, 2025

Copyright © Vanessa Passos, 2022

CIP-BRASIL. CATALOGAÇÃO NA PUBLICAÇÃO
SINDICATO NACIONAL DOS EDITORES DE LIVROS, RJ

P824f Passos, Vanessa
6. ed. A filha primitiva / Vanessa Passos – 6. ed. – Rio de Janeiro : José Olympio, 2025.

ISBN 978-65-5847-099-1

1. Romance brasileiro. I. Título.

22-78218 CDD: 869.3
CDU: 82-93(81)

Gabriela Faray Ferreira Lopes – Bibliotecária – CRB-7/6643

Este livro foi revisado segundo o novo Acordo da Língua Portuguesa de 1990.

Todos os direitos reservados. Proibida a reprodução, o armazenamento ou a transmissão de partes deste livro, através de quaisquer meios, sem prévia autorização por escrito.

Reservam-se os direitos desta edição à
EDITORA JOSÉ OLYMPIO LTDA.
Rua Argentina, 171 – 3º andar – São Cristóvão
20921-380 – Rio de Janeiro, RJ
Tel.: (21) 2585–2000.

Seja um leitor preferencial Record.
Cadastre-se no site www.record.com.br
e receba informações sobre nossos lançamentos e nossas promoções.

Atendimento e venda direta ao leitor:
sac@record.com.br

ISBN 978-65-5847-099-1

Impresso no Brasil
2025

Para as duas mulheres da minha vida.

Minha mãe, Simone Paulino, minha maior inspiração.
Minha filha, Bela, meu maior motivo de todos os dias.

Bela foi o erro mais acertado de toda a minha vida.

"Como é possível odiar e amar ao mesmo tempo? […]
um amor que odeia ou um ódio que ama."

Eliane Brum

SUMÁRIO

Filha   11

Mãe   89

Avó   147

Posfácio, por Susanna Lira   169

FILHA

"FILHA É: amor que come a gente por dentro.
PARTO É: o corpo fora de si."

Sheyla Smanioto

1.

JÁ ERA TEMPO DE PARAR de mamar, mas a menina continuava agarrada ao peito. No fundo eu gostava, porque era o único momento em que eu me sentia mãe de verdade. A menina sugando de mim a mãe que eu não era.

Pelo menos tu voltou pro teu corpo de antes, isso é bom. Tem gente que nunca volta. Parto normal ajuda.

Se fecho os olhos, ainda escuto os gritos das mulheres parindo no hospital. Tive de entrar sozinha, minha mãe ficou na recepção. A enfermeira me disse que o pai era pra ficar lá fora, procedimento de hospital público. Homens são proibidos nos espaços compartilhados entre as grávidas. Respondi que a menina não tinha pai, com o intuito de comovê-la, mas ela me tratou como se eu fosse uma puta que dava pra qualquer um, por isso a menina não tinha pai e eu não devia nem saber de quem era a criança. As enfermeiras não têm pena da gente. Talvez porque nunca tenham parido na vida ou porque já tenham visto partos demais.

Abri os olhos, a menina aninhada no peito, sugando o bico, umas mordidas de vez em quando, os dentes nascendo, as estrias saltando na minha pele.

Tu vai sentir falta quando ela deixar de mamar?

Falta eu sinto mesmo é de não ter de pensar em ganhar dinheiro o tempo todo, botar comida na mesa e encher o bucho primeiro pra ter leite pra menina.

Dizem que quanto mais a bebê mama, mais se produz leite, sabia?

A FILHA PRIMITIVA

Minha mãe se contentava em falar sozinha. Havia muito tempo eu já não dava importância pro que ela dizia. Eu não via a hora de voltar pra Guaiuba, aquela cidadezinha no meio do mato, pra dar aula de literatura. Podia ter escolhido dar aula em Fortaleza, mas queria ficar o mais distante das duas, da minha mãe e da menina, ir pra um lugar aonde ninguém me conhecesse e eu pudesse ser aquilo que eu inventasse, feito personagem de mim mesma, sem criança, escrevendo sempre que quisesse e sabendo quem era meu pai.

2.

DEVIA COLOCAR PIMENTA NO PEITO antes de ela mamar, diz que é bom pra largar. A menina está grande demais pra continuar mamando.

Não sei se quero que ela pare. Agora que o bico do peito endureceu, não fere mais nem sai sangue misturado com leite. Agora que não dói mais, já calejou. Agora deixa.

Teu peito vai cair e ficar mole. Você é muito nova pra ter peito caído e com estria. Vai ser difícil encontrar marido que queira peito caído e com estria. Homem direito não quer mulher assim.

Assim como? Que já trepou?

Ela se calou. Menos porque concordava comigo e mais porque seus ouvidos eram sensíveis à minha fala vulgar. Sabia reconhecer quando eu estava puta. Foi passar o café. Ligou o radinho velho na cozinha. Sintonizou na 93.5.

Ai se o radinho aguentasse, se ficasse sintonizado o dia todo, sem propaganda, sem *A voz do Brasil*. Ela entretida com a música, esquecida de mim, da menina, presa no passado. Seria bom.

Eu só conseguia aguentar quando estava absorvida pelo trabalho de professora temporária de literatura. Perdi a conta de quantas vezes ela me ligava por dia. Eu interrompia o que estava fazendo e dizia que estava ocupada. Não fazia diferença, ela continuava ligando pra falar que ainda dava tempo, que era pra eu acordar e começar a buscar uma salvação pra desgraça que marcou a vida dela e a minha. Que essa mesma desgraça não marcasse também a vida da menina. Dizia que tinha fé em mim.

Minha mãe sempre trabalhou em casa de família, mas teve crise de pânico depois que o patrão gritou com ela. Naquele dia ela chegou

A FILHA PRIMITIVA

mais cedo do trabalho, repetindo pra lá eu não volto, pra lá eu não volto. Perguntei o que tinha acontecido, e ela só dizia frases desconexas. Não era comigo que ela conversava, era consigo, com essa mulher a quem nunca me permitiu ter acesso e conhecer de verdade. Continuei observando ela falando sozinha, dizendo que homem branco é tudo igual.

Perdi a paciência, segurei ela pelos braços e sacudi com força, com raiva, pedindo que me contasse o que aconteceu. Mas ela ficou ainda mais fora de si. Tocou naquela velha cicatriz perto da boca, como faz sempre quando está agitada ou nervosa, e disse de novo que não ia deixar, que homem branco é tudo igual.

Ele tentou te machucar?

Ela começou a chorar. O corpo se remexia todo, as mãos e as pernas tremiam, e ela escorregou até ficar no chão. Tive de pedir ajuda na casa ao lado. Não havia mais ninguém que pudesse nos socorrer. A vizinha apareceu esbravejando,

21

perguntando o que eu tinha feito com ela dessa vez, que eu ia acabar matando a minha mãe desse jeito. Senti vontade de mandá-la pra baixa da égua, só não fiz isso porque precisava de ajuda. Ela, de cara feia, pegou o celular e ligou para a irmã enfermeira, que morava na 106.

Enquanto esperava o socorro, colocou um travesseiro sob a cabeça da minha mãe, deixando claro que fazia isso por ela e pela menina, e não por mim, eu não merecia. Mandou que eu fosse olhar a menina, que da minha mãe ela cuidava, que a irmã dela já estava chegando.

Minha mãe nunca me contou o que aconteceu. Depois disso, não conseguiu mais trabalhar. O meu dinheiro mal dava pra pagar as contas, pra quitar as dívidas que começaram a se acumular. E ainda tinha os livros, as xerox da pós, as fraldas da menina. Na época, a gente conseguiu um psiquiatra pra ela e pegou os remédios no posto. Mas minha mãe não aceitou tomar remédio algum. Disse que não era doida e que não ia ficar igual

A FILHA PRIMITIVA

a um zumbi com aquele monte de comprimido, anestesiada, sem reconhecer nem a si própria.

O café ficou pronto. Não tomei porque queimo a língua. Mas o cheiro me acalma. Eu costumava ter fome quando a menina estava mamando, mas minha mãe não me deixava comer enquanto amamentava, dizia que a menina ia ficar esfomeada.

Não sei se quero que ela pare de mamar. Dar o peito é o único carinho que sei. O que vou fazer quando ela parar de mamar? Sem o peito, sem o leite, ainda vou ser mãe da menina?

Ela mordeu forte o bico. Sangrou de novo. Cuspiu, enguiou no peito, deve ser por causa dos dentes. Colocou a língua pra fora. Meu Deus, enguiou outra vez. Não faz isso, menina, pega de novo. A mão empurrou o peito.

23

3.

CHEGUEI EM CASA COM O salto do sapato sujo de lama. O chão era de cimento batido, difícil de limpar. Entrei e observei a lama aos poucos manchando o cimento, que tinha cheiro de eucalipto, daquele desinfetante barato que eu odiava. As duas estavam exatamente onde imaginei. Minha mãe nos fundos, colocando pra quarar as roupas da bebê. Ouvi o barulho da água da torneira escorrendo na pia. E a menina deitada na minha cama, com dois rolos de proteção de cada lado pra não cair. Nunca usou o berço. Dormia por dez minutos e abria um berreiro, com braços e pernas entrelaçados nas grades. Migrou pra rede. Depois pra minha cama. Minha mãe dizia que a menina preferia dormir comigo por causa do meu cheiro.

Larguei os sapatos de salto alto perto do ventilador, ainda pensando no encontro com Otton. Eu adorava o nome dele. Ele era bem mais velho do que eu. Falava de literatura com uma paixão que me fazia fechar os olhos e imaginar aquela boca me chupando enquanto recitava versos pra mim. Não demorou pra ele me notar. Disse que eu escrevia bem, que meus textos eram bons. Contei que estava escrevendo um romance. Otton sorriu, e as rugas ficaram acentuadas em volta dos olhos e da boca. Gostava do jeito que ele me olhava, de como dava atenção a tudo o que eu dizia, sempre me elogiando, algo inédito pra mim. Gostava até começar a ir à casa dele com mais frequência, toda semana, sempre depois das aulas pra trepar, e então descobrir o descontrole com a bebida, essa que ele idolatrava mais que a mim e a literatura.

Deitei ao lado da menina sem lavar as mãos. Abri a blusa de botão, baixei o sutiã e joguei o peito pequeno pra fora, pra testar se ela ainda queria. Ela enguiou quando enfiei o bico em sua boca.

A perna da menina já começava a pesar em cima de mim. Ouvi os passos da minha mãe pela casa. Fechei os olhos, fingindo dormir com a blusa aberta, o peito pra fora e a pequena aninhada no meu corpo. O quarto escureceu com a sombra da minha mãe na porta. Ela ficou ali, parada, e então começou a falar sozinha.

Só pode ser maldição. Outra que vai crescer sem o pai. É tudo culpa minha. Desatou a chorar.

Ela dormindo, ressonando alto. Eu fingindo. Até que minha mãe cobriu meu peito com um pano que, percebi pelo cheiro, era a fralda da menina. Fez uma oração baixinho. Que o Pai do céu fosse nosso pai, avô e marido, que não faltasse o pão de cada dia, que houvesse fartura de saúde. Depois, apagou a luz da sala em frente ao quarto e saiu.

4.

NÃO ESQUEÇO NEM O DIA nem o que ela me disse quando contei que tinha engravidado.

Você não vai abandonar o estudo, me ouviu? Não vai, eu num vou deixar. A gente passa fome, pede empréstimo, mas você vai se formar e ser doutora, ouviu? Eu num disse que era pra você estudar, minha filha? Foi perder a honra com qualquer um antes do casamento, meu Deus!

Terminei a faculdade e passei logo na seleção do mestrado. Segui os estudos, mas desisti da bolsa e arranjei trabalho como professora, que pagava mais. Além disso, era um dinheiro certo. A bolsa atrasava muito. Nada daquilo importava pra ela, tinha vontade era de ter uma filha com estudo, doutora. Fui levando pra frente as escolhas que eram mais dela do que minhas. Eu dava aula pra alunos do ensino médio em escola pública, mas o que eu queria mesmo era escrever.

Otton era a única pessoa que me incentivava a escrever. Eu gostava quando a gente caminhava pelo Bosque Moreira Campos depois da aula, esquecidos no meio dos universitários que fumavam maconha. A gente seguia até o estacionamento. Eu entrava no carro, ele pegava meus livros e jogava no banco detrás, e logo perguntava o que eu queria ouvir. Eu respondia que ele podia escolher, que confiava no gosto dele. Ele sorria e me dizia acho que você vai gostar dessa aqui.

E era sempre música clássica. Gluck. Bach. Beethoven. Aprendi a ouvir música clássica com ele, me acalmava e também me ajudava a escrever. Ele falou que, desde que estávamos juntos, também tinha voltado a escrever, depois de um bloqueio criativo de mais de três anos.

Com o tempo percebi que ele não bebia só nos fins de semana. Tudo era motivo pra beber:

se estava estressado, se estava feliz, se estava excitado. Era o modo de se anestesiar da vida, e eu não o culpo. Mas se não confio em homem sóbrio, quanto mais em bêbado. Então terminei com ele.

No dia, nós brigamos no Bosque, e em vez de ir pra casa dele, como de costume, seguimos para o Cantinho Acadêmico, um bar na avenida da universidade. Pedi uma batata e um guaraná. E ele bebendo, como sempre. Duas cervejas e logo previ que a noite não acabaria bem. Duas horas depois, eu estava de saco cheio da barulheira e do bafo de álcool e fui embora. Ele tentou me impedir, mas tropeçou na cadeira. Quando se levantou, eu já tinha ido.

Meia-noite, ele veio fazer barraco em frente à minha casa. Me deixou na porta uma vez e decorou o endereço. Conhecia a cidade de Fortaleza melhor do que eu, que nasci aqui. Sempre tive problemas geográficos, e isso era culpa da superproteção dela. Eu sabia que ele não reagiria bem ao término, imaginei que fosse tomar um porre, mas não desconfiei de que perderia a compostura, a pompa de acadêmico, e fizesse escândalo aqui. Eu, minha mãe e a menina ficamos encolhidas, fingindo que não havia ninguém. Tinha esquecido que a bebida dá coragem pras pessoas.

Eu sei que você está aí!

Coloca as duas mãos nos ouvidos da menina!

Abre a merda dessa porta!

Será que ele quebra o portão?

Devia chamar a polícia.

Não chamo.

Me encolho ainda mais, as três juntas, eu, minha mãe, a menina.

5.

EU ME MASTURBAVA, SENTINDO prazer pra morrer, esquecer que estava viva. Procurei a mesma morte quando o pai da menina abriu minhas pernas e entrou em mim. Foi tão rápido que não deu pra morrer. Mas deu pra fazer a menina. Numa única vez sem camisinha, não mais que três minutos.

Ele era novo e inexperiente, nem sabia direito como era fazer uma mulher gozar. Não sei por que fiquei com ele, nada que me interessasse. Pouco inteligente, mas uns olhos de peixe morto que me davam pena — e eu, na maioria das vezes, só sentia raiva dos homens. Então decidi experimentar. Ficamos juntos por uns meses, e eu não esperava que numa só chance fosse engravidar. Tinha começado a tomar anticoncepcional e estava segura de que não haveria problema. Errei as contas. Não tinha dado um mês ainda. Foi rapidinho. Minha mãe foi à mercearia daquele escroto do Zé. Saiu de casa louvando e dizendo que voltava já. Eu e ele sentados no sofá, vendo o *Jornal Nacional*.

Coloquei minha perna em cima dele. Quando percebi, o pau já estava duro, e a adrenalina de trepar na sala de casa, na expectativa de minha mãe voltar a qualquer momento, me deixou excitada.

Ele baixou as calças, falou que estava sem camisinha. Abriu minhas pernas e afastou a calcinha. Assim que gozou, me disse que tinha sido rápido porque minha mãe podia chegar logo.

Mentira, ele não aguentava deixar dentro por mais que três minutos. Imaginei minha mãe chegando e vendo a gente profanando o sofá dela de frente pra Bíblia, aberta no Salmo 91. Mas

A FILHA PRIMITIVA

quando ela voltou com as bananas, a gente já estava assistindo ao jornal de novo.

Ele sempre tinha pressa. Pressa pra trabalhar, pressa pra trepar, pressa pra ir embora. A pressa foi ainda maior quando ele soube da existência da menina. Nem hesitou, sumiu sem direito a tchau.

Em noites de insônia, continuo morrendo sozinha. Minha mãe, em jejum, intercedendo por mim e pela menina no quarto vizinho. A menina, ressonando alto ao meu lado. Coro fúnebre pra minha morte forte, pra minha morte breve.

Na manhã seguinte, continuo viva.

6.

VI AQUELES DOIS TRAÇOS NO teste de gravidez: positivo. Testei de novo e de novo: positivo. Não tive coragem de fazer o de sangue, por medo de agulha no braço. Vou aguentar parir como?

Não quero saber o sexo.

Se alegra, é uma menina.

Não respondi porque tive medo de trazer de volta a ladainha.

Que alegria tem botar criança no mundo pra sofrer?

Bem que te avisei, falta de aviso não foi.

Não queria admitir que ela estava certa. Que o pai da menina era um traste e que por pouco, e graças à insistência dela, não tranquei a faculdade no último semestre e consegui participar da seleção do mestrado.

Olha, está chutando, filha! Quando eu estava grávida você chutava tão forte que eu achava que ia partir minha barriga ao meio.

Quando ela enfim saiu do quarto e me deixou só, pedi para fechar a porta, que eu ia descansar. A menina chutou de novo, uma pontada fina no pé da barriga. Soquei a barriga de volta. Os chutes pararam. Tudo calmo. A menina, quietinha, queria sobreviver.

Esperei mexer de novo pra dizer a ela que era melhor morrer do que viver neste mundo.

7.

ELA NASCEU COM NOVE MESES e seis dias. Foram tantas tentativas frustradas, cólicas que não viravam contrações. A menina queria que eu fosse pra faca, mas botei na cabeça que não ia fazer cesárea de jeito algum. Tomar anestesia para o médico me cortar e mexer dentro de mim sem eu ver o que ele estava fazendo? Eu não ia deixar, e ninguém me convenceria do contrário. O parto seria natural.

Não vou, não quero mais uma cicatriz. Não faço cesariana e ponto.

Cesárea dói menos.

Na hora, depois é um sofrimento só. Não quero ficar dependendo de ninguém, muito menos de você. Só vou pro hospital quando entrar em trabalho de parto.

Mas já passou do tempo, a menina pode morrer se não sair logo.

Minha mãe foi atrás de ajuda. Por ironia da vida, foi justo a vizinha quem me ajudou. Chamou a irmã, que morava no final da vila, mas eu não pretendia agradecer por isso, veio porque quis. À meia-noite começaram as contrações, a dor insuportável. Deitada na minha cama, eu apertava o lençol, respirava fundo, enquanto minha mãe me observava, apavorada. Contou que tinha medo de me perder, que eu era a única coisa que ela tinha na vida, a única família. Com tranquilidade, a irmã-enfermeira falou pra eu botar força quando a contração viesse, que ia ajudar na hora do parto. Disse daquela forma, porque não era ela quem estava parindo.

As dores aumentaram, e eu passei a delirar. A menina colocou as mãos pra fora na minha vagina. A criança forçava passagem, não tinha jeito,

A FILHA PRIMITIVA

não encontrava espaço pra cabeça enorme passar. Senti algo estranho e então a menina me rasgou de dentro pra fora, comeu a placenta, o cordão umbilical, a carne, até partir minha barriga ao meio. Saiu me olhando nos olhos e disse oi, mamãe! Acordei apavorada, suando muito, pedindo minha mãe pra ir logo pro hospital. O dinheiro estava na bolsa, ela podia chamar um táxi. Eu já estava com seis centímetros dilatados quando cheguei na maternidade e disseram manda ela lá pra cima.

No corredor, ouvi os gritos das que pariam. A irmã da vizinha tinha me dito pra não esquecer que enfermeira não gosta de grávida escandalosa. Ouviu? Perguntou enquanto apertava a minha mão. Fiz que sim com a cabeça. De bico calado. Não precisei ficar no matadouro, na sala cheia de macas e mulheres berrando uma ao lado da outra antes do abate. Sofri sozinha lá em cima, um calor medonho. Tinha bola gigante, aparelho de exercício, equipamento de parto humanizado. Eu não me sentia humana.

41

Cochilava nos intervalos da contração, apertava o lençol, continha os gritos. Enfermeira não gosta de grávida escandalosa. A frase não saía da minha cabeça. Não sabia se ela se referia a si mesma, às colegas de profissão ou a ambas. Não gritei e continuei botando força. Às quatro da manhã, um enfermeiro fez o exame de toque e disse daqui a uma hora eu volto.

Quinze minutos depois a bolsa estourou. O enfermeiro voltou às pressas. Preparou a maca pra aparar a menina. Eu me senti um bicho. Fazendo força, nua. Suando, berrando, sangrando. Não consegui conter mais os gritos. Quando a menina saiu, continuou doendo.

Melhora quando tirar a placenta.

Melhora quando pontear.

Pensei que não melhora nunca.

Perdi muito sangue, o médico se transformou em dois, a vista escureceu.

Apaguei.

8.

UM BEBÊ MUDA TUDO. Minha mãe nem parecia mais a mesma que falou que eu tinha trepado com qualquer vagabundo antes de casar. Ficava pra lá e pra cá com a menina no colo, espantando muriçoca, limpando a casa, o quarto, parecia que ia receber o menino Jesus na manjedoura e os três magos. Nunca vi tanta comoção com a chegada de um bebê.

Quando eu era criança, primeiro ela disse que meu pai tinha ido embora. Depois, que ele tinha morrido. E foi aí que percebi que era tudo mentira. Ela mentia muito mal. Piscava sem parar, as mãos de um lado pro outro, fugindo do assunto.

Anda, fala logo, cadê o meu pai?

Ela me evitava indo preparar o café, esquentar a comida no fogo.

Eu já sou grande, fala logo, tenho que saber.

Lavando a louça, varrendo a casa, fugindo de mim.

Fala, porra! O pai é meu, mereço saber.

Largou a vassoura e disse teu pai é o que está no céu, minha filha, é tudo que você precisa saber.

9.

UM DIA ENGOLI O ORGULHO e fui procurar a vizinha, perguntar sobre meu pai. Ela era uma das moradoras mais antigas da vila. Gente fofoqueira como ela sempre sabe das coisas. A humilhação pra descobrir alguma pista sobre ele valeria a pena. Quando abriu a porta e me viu, ela torceu a cara, como eu já esperava. Me mandou entrar, fez gesto pra eu me sentar no sofá velho, todo rasgado e cheio de pelo de gato. Enfim, disse que sabia que essa hora um dia chegaria e começou a falar.

Ninguém sabia de nada, ninguém viu. Sua mãe já chegou aqui grávida, trabalhando em casa de família. Escondeu o bucho até o quinto mês, depois a barriga explodiu. Mal conseguia andar. A gente achava que ia ser menino, barriga pontuda. Ela passando fome, eu e minha irmã ajudando do jeito que a gente podia. Um arroz, um leite, uma canja. Passava fome a maior parte do tempo. Quando comia, tinha força pra cantar o "hino da harpa". Tinha uma voz bonita. Dava uma paz ver ela cantar assim, de bucho cheio. De comida, de criança. Balançando na rede, os pés inchados, as veias aparecendo, a pressão oscilando. Tua mãe, calma, cantando aquele hino que ela gosta, "Alvo mais que neve", passando a mão na cabeça e nunca falando do teu pai. A gente nunca perguntou, nunca teve coragem. Se não falou é porque não tinha o que falar. E você, menina, vê se esquece dessa história de pai. Ele também deve ter esquecido que você existe. Senão, tava aqui.

Ela falou com tanto gosto e parecia tão feliz com minha desolação. Gente é assim, gosta mesmo é de rir das desgraças dos outros. A vida fica mais bonita com o sofrimento alheio.

Quando ela terminou de falar, olhei bem dentro do olho dela e disse, sua desgraçada, você está mentindo. Ela me enxotou de lá e, antes de eu ir embora, me disse, afrontosa, sou amiga é da sua mãe, não sua, pirralha. E pra sua informação, sua doutorazinha de merda, não menti, não, só disse o que você precisa saber, não o que você quer. Fez uma pausa, cuspiu no chão e falou, enquanto fechava o portão, você não merece a mãe que tem.

10.

ÀS VEZES, QUANDO FICAVA COM raiva, apareciam manchas vermelhas na minha pele, como se estivesse pegando fogo.

Eu tinha certeza de que mais alguém sabia sobre meu pai. Se ela não ia me contar por vontade própria, tinha que arrumar um jeito de obrigá-la a falar.

Pela porta do quarto dava para ver a menina, engatinhando no chão de cimento, que devia machucar os joelhos. Ela parecia não se importar. Eu, menos ainda. Minutos depois minha mãe entrou no quarto e se pôs a gritar. Não viu a criança no chão sem joelheira? Estava escrevendo, menti.

É só isso que importa pra você, né? Apanhou a menina, limpando seus joelhos vermelhos e incrustados de areia. Vê-la com a menina nos braços me iluminou com uma ideia que talvez funcionasse e finalmente fizesse minha mãe falar.

Quando ela saiu do quarto me olhei no espelho trincado na ponta. Passei o dedo por suas fendas, me encarei e percebi que as manchas vermelhas tinham sumido.

11.

VAMOS, DESEMBUCHA LOGO, quero saber toda a história sobre meu pai.

O que ela disse?

Nada, fugiu outra vez.

Sua mãe daria uma boa personagem.

Empurrei Otton e me levantei da cama, nua. Fui até a estante de madeira que tinha no quarto e enchi o copo de uísque até a metade.

Ele me censurou: você não gosta de beber. Também não gosto da minha mãe e mesmo assim vivo com ela até hoje. Bebi um gole que desceu rasgando, queimando tudo por dentro. Menos a raiva que eu tinha dela. Me aproximei e estendi o copo pra ele, que tomou o resto de uma só vez.

Ficou excitado de novo e trepamos antes de eu ir pro trabalho. O mais gostoso foi deixar minha mãe a noite toda preocupada, sem notícias minhas.

Ele tinha razão. Minha mãe é uma daquelas personagens que a gente odeia e, ainda assim, não consegue deixar de acompanhar. À primeira vista, uma pessoa simples, negra, analfabeta, trabalhava em casa de família, sem muitos anseios e pretensões. Morava havia mais de vinte anos no Conjunto Palmeiras e cozinhava como ninguém. Olhando assim dava até pra sentir pena dela, mas na literatura e na vida nada é o que parece. Essa mesma mulher que chamo de mãe escondeu de mim, a vida toda, minha origem.

Ela não me parece tão má assim.

É porque você não vive com ela. A primeira coisa que ia jogar fora: todas as suas garrafas de bebida. Ele se calou. Você também não teria escapatória, ia queimar no fogo do inferno, falei rindo. O inferno são os outros, ele disse.

A FILHA PRIMITIVA

O meu é não saber quem é meu pai.

Deitado sem camisa sobre a cama, os pelos brancos saltavam pelo corpo. Fios ralos de cabelo, barriga protuberante. Os olhos pendiam pesados, deixando o corpo esmorecer. Logo começou a roncar. De qualquer jeito, eu não ia conseguir dormir.

12.

SE TEM CORDÃO UMBILICAL guardado, fita ressecada do hospital com o nome da menina, ponto que a pele absorveu dentro do corpo, estria no peito e no pé da barriga; se tem os rastros, é porque a vida não é mais a mesma. Pouca coisa sobra da gente depois da maternidade. Vou me descobrindo enquanto escrevo, quando puxo de dentro uma palavra depois da outra; sem sentido lógico, as palavras continuam vindo.

Primeiro de maio. Era feriado, mas eu preferia estar no trabalho, com os alunos que odiavam minha aula, a mim, a si próprios e à merda de vida que tinham. Eles não tinham escolha. Nem eu. Estavam ali pela merenda. Eu, pelo dinheiro, que era certo, mas não dava pra tudo; os boletos continuavam chegando aos montes e no banco a conta estava no vermelho. Tenho que pegar uns bicos, mais tempo longe da menina.

Ficar em casa sempre me levaria à solidão. Não esqueço minhas cicatrizes.

Com os dedos nas estrias grossas e brancas que me cortam a pele, decido que o destino da personagem, que não sou eu, seria diferente, iria mentir para os leitores no futuro.

Talvez esse desejo de escrever e criar histórias tenha surgido porque eu nunca tive a chance de conhecer a minha verdade.

Minha professora na quarta série pediu que cada um construísse sua árvore genealógica em cartolina, valendo nota. Não fiz e respondi à professora. Fui parar na diretoria.

Como que eu ia fazer? Enchendo de espaços em branco? Deixando lacunas para o que eu não conhecia? Acima de mim, ramos vazios? Nem foto minha mãe tinha. Achei melhor levar carão do que passar vergonha.

Minha mãe foi chamada na escola. Ouviu a diretora. Olhou pra mim, de cabeça baixa sentada ao lado dela. Saímos daquela sala e ela não disse nada. Quando chegamos em casa, preparou bolinhos de chuva, meus preferidos. Comi rápido, calada. Ela inutilmente tentava me recompensar.

13.

DEPOIS DO ALMOÇO, COM A barriga cheia de cuscuz, baião e ovo, minha mãe me chamava pra deitar com ela na rede amarela de bico de crochê. Eu perguntava do meu avô e minha avó, e ela dizia morreram. Eu sonhava que, quando ficasse grande pra ouvir conversa de adulto, ia poder saber toda a verdade.

Ela me distraía com as histórias. Histórias pra esconder o passado, pra esconder a fome. Às vezes recolhia coisas no lixo e trazia pra casa. Dizia que sempre dava pra aproveitar, que eu não subestimasse o que tinha sido jogado fora. Nunca me deixava desperdiçar comida, que era escassa. Comia pouco pra deixar mais pra mim.

Saco vazio não para em pé, minha filha. O bucho precisa estar cheio pra você poder estudar. Feito ela não conseguiu.

Percebi que toda personagem que ela inventava era diferente e, ainda assim, era ela mesma. Tinha que ter muita imaginação pra contar a mesma pessoa de modos distintos, como se fosse a primeira vez. A fome ensinava a ser criativa.

E essa mesma fome eu também tinha, de outro jeito. Vontade de escrever e criar histórias para tapar os buracos que existiam. Preencher aquela árvore vazia que nunca entreguei pra professora. E, quem sabe, criar também um pai. Mesmo sem referência, só observando a vida, o comportamento dos outros. Imaginando.

As buscas pelo meu pai e pela escrita caminhavam juntas.

14.

QUE FOI? JÁ DISSE PRA não me ligar nesse horário que eu tô dando aula, tá louca?

A menina tá sentindo tua falta.

Você ligou pra falar isso? Não acredito!

Ela tá procurando teu peito no meu, murcho.

Mas ela parou de mamar.

Não importa, peito é alimento, é travesseiro, é chupeta. Vem mais cedo, a menina tá mofina, com aquele olho de peixe morto.

O olho de peixe morto ela sempre teve, é igual ao desgraçado do pai dela. Não posso sair do trabalho. Sabe quem coloca comida em casa?

Ela pegou tua lavanda e derramou na cama. Tive de abrir a janela, trocar o lençol e o cheiro não passou. Dormiu em cima, sentindo teu cheiro. Volta pra casa mais cedo, filha.

Ela vai ter que entender e aprender desde cedo que no mundo as coisas não são como a gente quer.

15.

HOJE NÃO QUIS SENTIR ÓDIO da minha mãe.
Quis entender seus traumas do passado, justificar
seus erros do presente. Mas como, se a vida dela
é uma página em branco? E isso fazia de mim
uma personagem incompleta, mal construída,
sem porquês nem explicações.

Ela saiu pra igreja, ia demorar. Vasculhei
o guarda-roupa atrás de qualquer vestígio. Uma
foto velha com data no verso, alguma coisa. Nada.
Joguei as caixas no chão. Quebrei de vez o único
espelho da casa que já estava trincado. Olhei pro
punho direito que sangrava. A menina chorou,
assustada. Como pode uma pessoa não ter guardado um objeto sequer do passado? Como pode

eliminar as provas, os indícios da existência de um pai?

Acho que no fundo ela gostou de adoecer. Nas nossas brigas, passou a usar sempre a doença como desculpa e a se enfiar ainda mais na igreja em busca de salvação.

Estamos aqui só de passagem, minha filha, nossa glória vai ser na eternidade.

Por vezes, tentei dar a medicação pra ela, queria que melhorasse, que pudesse voltar a trabalhar. Ela me dizia sempre que não.

Sou como Paulo de Tarso, minha filha. Essa doença é meu espinho na carne. E também, agora tenho a menina pra cuidar.

16.

ÀS TRÊS DA MANHÃ, EU não aguentava mais ouvir o choro. Não era em dormir que eu pensava. Já alimentava a certeza de que era melhor dar a menina do que um dia desses fazer uma besteira. Qualquer outra família seria melhor para ela, melhor para nós duas.

Não contei nada pra minha mãe. Não preciso dar satisfação, fui eu que pari. Foi ela quem me negou o pai, os avós, o meu passado; não tem moral nenhuma pra me dizer o que fazer.

Pensei tudo isso enquanto sacudia no colo a menina, que ainda chorava. Não quis chupeta, não quis mamadeira, não quis peito.

Sacolejei ainda mais. O choro era tremido. Eu estava engasgada, mas era a menina que chorava.

Pelo amor de Deus, me dá a menina! Minha mãe veio e a tomou dos meus braços.

A moleira, não pode chacoalhar assim, podia ter morrido.

Podia?

Podia.

Fui dormir. Descansar um pouco pra trabalhar cedo no dia seguinte.

Podia ter sacolejado mais um pouco.

17.

OTTON ME DEU DE PRESENTE uma *full color*. Eu queria uma cicatriz intencional, que eu mesma desejasse, não que a vida me empurrasse goela abaixo. O tatuador, um barbudo gostoso, pregou logo na entrada uma placa dizendo: "Proibido chorar", sacanagem. Não chorei pra não dar a ele o gosto. Escolhi uma tatuagem de flor de lótus, com um caule que seguia pelas costas. A agulha rasgando, ardendo na hora de fazer o sombreado. A sala lotada. Cliente no balcão. Eu, com a blusa cobrindo uma parte do sutiã, as costas nuas, excitada enquanto ele me feria, rasgava as minhas costas; será que tinha me acostumado a sentir dor?

O imbecil do lado ria de pau duro, coçando o saco, olhando minha pele, os seios no sutiã vermelho pressionados contra a maca preta.

Cuidado com a moça, faz devagarzinho pra ela aguentar a dor.

Pedi ao tatuador um minuto, levantei com o sutiã aberto, a ponta do peito aparecendo. Fui na direção dele.

Vá pra puta que pariu!

Ele se assustou. Perguntei se ele já tinha parido ou mesmo visto um parto. Uma cabeça de criança rasgando a vagina, espirrando sangue e placenta pra todo lado. Sabia que tem de cagar antes, senão na hora do parto sai merda pelo cu? Já pariu por acaso? Perguntei, o olho grudado no olho dele, que agora se desviava do meu. Já pariu, seu filho da puta?

Disse pro tatuador que voltava outro dia. Ri, imaginando o pau dele amolecendo, ficando só aquela trouxinha, com nojo do sangue, da vagina rasgada e ponteada, da gosma e da placenta.

A FILHA PRIMITIVA

Nessas horas me aproveito da experiência de professora de literatura e abuso das descrições. Otton riu quando eu contei tudo o que rolou no estúdio. Ele sabia que eu não era uma pessoa fácil, sempre soube, e era por isso que gostava de mim. De certa forma ele queria fugir das pessoas com quem convivia todos os dias, que arrotavam normas acadêmicas no café da manhã.

18.

VINHA DESDE A ESCOLA tentando escrever este livro. Depois do parto, revisitei meus cadernos e a história não era mais a mesma. Não reconheço meus personagens. Não reconheço nem a ideia inicial; ela já é outra coisa, eu também não sou a mesma.

Agora me dei conta: a chegada da menina me engravidou de novas palavras. Fico pensando que escrever é um parto infinito. A gente vai parindo devagarzinho, letra por letra, que se não saem ficam encruadas dentro fazendo mal, ferindo a gente feito felpa que entra no dedo. Tem que tirar com agulha, espremer o pus. Dói parir palavras. Dói mais ainda viver com elas dentro.

Nem todo mundo que escreve sabe sobre parir, o que é ser mãe de palavras. Não sabe o que é lamber a cria. Não conhece a culpa que mãe carrega. A dor que é escrever. Não se deu conta de que é preciso parir pra escrever.

Escutava a ladainha da minha mãe no outro quarto. A oração, o pai-nosso, a súplica. Se eu acreditasse, pediria pra terminar o livro, pra dor ser suportável, pra nunca abandonar a escrita no meio do caminho. Pra aguentar e não morrer por dentro, pra não ter que fazer curetagem e arrancar os pedaços mortos dessa história, lavar tudo depois pra apagar os vestígios e, no entanto, nunca ser capaz de apagar da memória. Pra ter um parto de sucesso. Doloroso, mas tranquilo. Ver a história nascendo, berrando alto, dizendo com seus grunhidos a que veio ao mundo.

Quando dei por mim, estava fazendo uma oração silenciosa para meu livro ter um bom parto. Ela ia adorar saber, mas não vou contar, é claro, ela não sabe dosar a fé. Voltei a escrever, as contrações aumentaram, mais rápido, parindo

A FILHA PRIMITIVA

mais palavras do que o punho pôde acompanhar. A mão dolorida, o calo latejando, respirei
fundo, botei mais força e encerrei o parto do dia.
Sete páginas manuscritas. A menina me olhava
escrever. Sorriu, mexeu os bracinhos em cima da
cama, e eu soube, ali, que talvez tivéssemos algo
em comum: ela também aprovava aquele parto.

19.

TINHA ÓDIO DA VIZINHA. Ela dizia que eu ia abandonar a faculdade por causa do bucho, que pra pagar minha boca e minha arrogância eu ia ficar como minha mãe, sem estudo. Falou, olhando pra minha cara, que essa história de virar doutora era loucura e não passava de sonho de gente pobre. Que não ia adiantar de nada eu ser mais branquinha, porque em vez de aproveitar, estudar e dar orgulho pra minha mãe, eu tinha ido logo atrás de macho e barriga, bem feito.

Foi o ódio no peito, o sangue nos olhos que me fizeram provar pra todo mundo. Que a vizinha fofoqueira engolisse o que disse, cuspisse outras palavras. Não, eu não largaria os estudos, o trabalho, o mestrado, ia fazer de qualquer jeito e homem nenhum, criança nenhuma ia me impedir disso.

Não impediram. Mas também não impediram que eu virasse uma carcaça quase sem vida. Que no trabalho eu só pensasse em dormir e na pós ouvisse de longe, bem de longe, a voz da professora em sapatinhos fechados, calça de alfaiataria, blusa de botão, e a teoria da literatura de algum crítico que eu não lembrava o nome. Eu abria a última folha do caderno e rabiscava frases soltas, fragmentos sem sentido. Alguma coisa tinha sentido? Eu só queria escrever. Terminava a aula. Eu não sabia do trecho do livro, do texto na xerox, do fichamento pra semana seguinte, mas vários parágrafos cresciam dentro e fora de mim.

Comecei a ter vontade de escrever nas vezes em que me pegava observando a menina. Acho que passei a aceitá-la por conta disso, desse desejo que chegava mais forte. Foi a primeira vez que pensei nela me dando algo, e não tirando tudo de mim.

A FILHA PRIMITIVA

Cheguei em casa, a menina em cima da colcha colorida, fazendo a chupeta de brinquedo. Olhei pra ela. O peito já não tinha mais leite. Não me preocupava com amamentá-la, ser seu alimento, servi-la, servir o mundo, ser uma boa mãe.

Tinha o fone no ouvido e os cadernos na mão. A menina brincava na cama desprotegida, sem travesseiros. Eu não estava preocupada se ela ia cair, se ia se ferir ou até perder a vida. Pensei no nascimento das palavras, observei minha caligrafia que mudava à medida que escrevia, as palavras serelepes saltando na folha, brincando igual à menina, que agora me olhava com cumplicidade.

20.

VOCÊ TEM SEMPRE QUE DESCONFIAR das coisas e das pessoas?

E essa sua fé cega? Não vê que um conjunto de mesa com seis cadeiras por esse preço tem alguma coisa errada?

Deve ser queima de estoque, promoção.

Não digo mais nada.

É justamente o dinheiro que a gente tem. Não está vendo que é pra gente comprar?

Agora você acredita em coincidência?

Coincidência não, provisão.

Lá vem essa história de novo.

Das seis cadeiras sobraram duas, a minha e a dela. Depois da goteira enorme no teto, bem no meio da sala de jantar. Providência divina, ela disse. Porque, pra ela, até as desgraças tinham a ver com Deus. Nunca aprendeu a ler nem a escrever. Ela escutava as histórias na igreja e repetia pra mim. Depois comprou uma Bíblia e me fazia ler. Lia sobre Jonas, que foi engolido pelo grande peixe. Noé, que preparou a arca. Caim, que por inveja matou o irmão. Mical, que ficou estéril porque zombou do marido. Bom pra ela.

O que realmente duvido é do amor do pai e do filho. Não acredito nesse sentimento genuíno de um ser que é cem por cento Deus e cem por cento homem e morreu por nós. Um homem? Ah, não! Talvez se fosse Maria, Nossa Senhora, era mais fácil de acreditar.

Não, eu não vou orar pro Filho, pro Pai, muito menos pro Espírito Santo. Não, não vou juntar minhas mãos, fechar os olhos e confiar num homem.

21.

MINHA MÃE LAVAVA ROUPA EM casa de rico e eu ia junto pra não ficar sozinha. Ela mentia pra patroa, dizia que era pra eu aprender o serviço. Quando a mulher saía, ela pegava um livro na estante e me entregava.

Esquece tudo o que eu falei e lê. Não quero sua mão engelhando feito a minha de tanto lavar roupa pros outros. Quero tua mão cheia de calo de tanto escrever e tua vista cansada de ler. Toma, pega logo esse livro. Anda, tira o lápis e o caderno da bolsa e escreve teu nome completo dez vezes. Não, dez é pouco, cinquenta. Depois escreve o meu também.

Mas pra quê, mãe?

Pra ficar com caligrafia boa. Professora tem que escrever bonito pro aluno entender. Anda, vai logo, que eu vou lavar roupa lá atrás. Não mexe em nada, ouviu? Se o patrão chegar, esconde o livro e me chama. Ele é sério e não gosta de gente preta. Ele também não deve gostar de criança, ainda mais pobre. Se ele chegar, abaixa a cabeça e não encara ele nos olhos, ouviu?

Fiz que sim. Depois sentei no chão da sala, com medo de sujar o estofado. Ela não viu a hora que o patrão entrou — ele abriu a porta quase sem fazer barulho — chegou mais cedo e ficou me encarando, de olho em mim, no meu vestido, enquanto minha mãe estava lá dentro trabalhando, na área de serviço. Não viu a hora que ele baixou as calças e disse chupa. Ela não me viu obedecendo ao estranho. Não viu aquilo na minha garganta, o tremor nas mãos, o medo no peito, a boca tapada, querendo enguiar. A cabeça baixa, do jeito que ela mandou.

Vomitei no tapete da sala. Ele subiu as calças depressa. Lá de dentro, minha mãe ouviu um

A FILHA PRIMITIVA

barulho e veio correndo. Eu, inerte, sem voz, sem grito, ouvi ele me xingar, dizer que eu era uma menina nojenta, que só podia ser filha de preta, que tinha deixado meu cheiro imundo pela sala e que era pra minha mãe não me levar mais lá.

Pouco tempo depois, quando me viu me cortando, mordendo o punho até sair sangue, minha mãe não soube o que fazer, nem poderia.

Calma, filha.

Mas eu não tinha fé.

O que eu faço, meu Deus do céu?

Tem que levar essa menina pro médico, antes que aconteça uma besteira pior, a vizinha disse.

Não levo. Não vou deixar empurrarem remédio na menina, tratarem que nem louca. Um doutor que nem olha pra cara dela, enfia uma receita e passa remédio caro? Não vou levar.

Vai fazer o que com ela, então?

Vou dar papel e caneta. A menina vai escrever.

83

22.

CHEGUEI EM CASA E TINHA meia dúzia de irmãos da igreja pra me exorcizar. Pra eles, meu desejo de morrer era coisa do demônio, como se a vida, por si só, não me desse motivos suficientes pra isso.

Me tranquei no quarto. Minha mãe comia menos não só pra me dar, mas também pra sobrar pro dízimo da igreja. Dizia que todo sacrifício que fazia era pra que eu tivesse um destino melhor que o dela, e aí voltava a ladainha de que eu ia estudar e ser doutora.

Você é minha redenção, minha filha.

Na época era impossível entender direito o que ela queria dizer com aquilo, sempre falava por enigmas. Uma vez perguntei o que era aquilo que dizia enquanto orava e ela me respondeu sorrindo.

A língua dos anjos, minha filha.

E você entende, mamãe?

Ninguém entende, minha filha. Mas edifica.

23.

APERTEI O PESCOÇO ATÉ PERDER o ar e soltar, desfalecida. Não ficou a marca das mãos. Quando a gente quer morrer de verdade pega faca, facão, canivete, estilete, tesoura, coisa pontiaguda pra cortar a vida, rasgar a jugular. Matar a vida depressa, deixar o sangue escorrer. Eu era covarde. Nunca consegui ir até o fim. Colocar um fim nisso tudo.

A única marca no corpo era a da mordida no punho esquerdo. Vermelha, depois roxa, então branca. Essa era uma ferida que eu repetia e não deixava cicatrizar por completo. Ela alimentava a raiva que eu guardava e me acalmava. Contei. Um, dois, três, quatro, cinco, seis dentes. A blusa de manga longa pra esconder no trabalho. A droga da aula toda com o braço esquerdo pra baixo, pra não dar bandeira. Aluno é bicho metido, curioso.

São só uns dias, ainda bem. As marcas somem.

No ônibus de volta pra casa, escorei a cabeça na janela de vidro, e o teco-teco, o barulho que minha cabeça batendo na janela fazia quando o Fretcar trepidava pela pista esburacada na CE-060, me deixava irritada. Mesmo assim, deixei a cabeça ali e me dei conta de que as pessoas, no fundo, por mais que não admitam, gostam de sofrer.

É isso. O sofrimento é a chave de tudo. Com minha mãe não era diferente. Hoje vou obrigá-la a dizer quem é o meu pai. Não vou sofrer sozinha. É isso. Na verdade, as marcas não somem.

MÃE

"Depois da primeira palavra não me corto mais.
Eu agora sou ficção. Como ficção eu posso existir."

Eliane Brum

24.

MINHA MÃE, CANTANDO "Hino da harpa", não sabia do que eu era capaz — nem eu. Peguei a menina no colo. Ela começou a chorar. A cantoria do Hino da Harpa parou. O barulho do chuveiro também. Não desconfiava das minhas intenções.

Ah, você está aí?

Hoje você fala.

O quê?

O nome.

De quem?

Do meu pai.

Me dá a menina.

Não muda de assunto.

Calma, só me dá a menina que eu falo.

Mentira.

Pensa direito, me dá a menina. Ela tá chorando.

Pense você. Só entrego a menina com um nome.

Pelo amor de Deus, me dá a menina.

Hoje não respondo por mim.

Não faz isso, a menina não tem culpa.

Nem eu. Não pedi pra nascer. Só quero um nome.

Ela viu a marca dos dentes no meu punho. Viu meus olhos vermelhos. Viu meu braço apertando a menina, prestes a machucá-la. Viu que estava sem saída. Olhou pro céu, esperando uma resposta que não veio.

Bati o pé.

Só saio daqui com um nome. Só entrego a menina com um nome. Eu não estou brincando.

Encurralada, entre a parede e a porta do banheiro, vendo a menina no meu colo, chorando, enguiando, sufocando. Correu em minha direção, deslizou e caiu no chão. Com dor, vendo minhas

A FILHA PRIMITIVA

mãos prestes a tapar o nariz e a boca da menina. A pressão dos meus braços aumentava o choro, o desespero. Então, finalmente o nome. Ela disse.

José. É José.

25.

UM NOME NÃO É NADA. Não é endereço, telefone, não diz como e onde encontrar a pessoa.

Deus castiga e viu o que você fez com a menina, ela me disse, em vez de bom dia. Não senti um pingo de culpa. Talvez a menina tenha nascido pra eu poder chantageá-la, minha adorada mãe. Não é ela mesma quem diz que toda vida na Terra tem um propósito? Vinte e três anos depois, eu arranco o maldito nome. Achei que ficaria mais feliz.

Um personagem só ganha vida, só se materializa com o nome. Por isso nunca chamei a menina pelo nome. Talvez ela não vingue.

Fui tentar escrever o romance, não saiu uma palavrinha. Tentei escrever sobre o meu pai. Pior ainda. Talvez Deus se vingue mesmo. Ou talvez, só talvez, praga de mãe pegue.

26.

NÃO DÁ PRA ESCREVER A porra do romance com esse nome pulsando na minha cabeça desse jeito. Eu procurando traços dele no corpo, na minha cara branca. Sem parâmetro, foto nenhuma, nem informação, nada. Só uma droga de nome.

A vizinha disse uma vez que a menina era a cara do pai, aquele traste. Podia ser pra me fazer raiva, porque ela só tinha visto ele uma vez. Pior que é verdade. Ela disse que vai ficar ainda mais parecida quando crescer. Desse jeito não dá pra gostar da menina. Mas não posso reclamar. Tem homem pior que ele, que gruda em vez de largar. Feito o ex-marido da minha colega de trabalho.

No dia em que ela falou que ia largar ele, ficou puto e descobriu o caso dela no trabalho. Não aguentou saber que ela estava trepando com outro cara na escola mesmo. Quebrou tudo. Ela me contou que ele ia quebrar o nariz dela também, mas desistiu. A ordem de restrição não o impediu de pagar um bandido qualquer. O homem deu três tiros no amigo dela, foi o que ela disse pra todo mundo. Eram apenas amigos. Foi o que ela disse pra polícia, pra família dele. A escola abafou o caso, impediu os professores de darem entrevista, colocou uma pedra no assunto e seguiu com seus problemas: falta de estrutura, evasão dos alunos, rendimento baixo. Três meses depois, todo mundo esqueceu. É fácil esquecer erro de homem.

27.

NO MEU PESADELO, EU ESTAVA como ela, de saia longa e com a Bíblia debaixo do braço. Tinha também um diploma nas mãos e estava no púlpito, dando um testemunho da transformação que Jesus tinha feito na minha vida, partilhando as vitórias que eu tinha alcançado. Sentados em cadeiras de plástico, os membros da igreja me olhavam maravilhados. Eu falava, mas minhas palavras se perdiam em meio aos aplausos e aos gritos de glória a Deus, aleluia e Deus seja louvado.

Minha mãe me olhava radiante, balançando a cabeça, mostrando pra irmã ao lado que eu era sua filha. As pessoas estranhavam que eu era branca, e ela, negra. Tinha que explicar que eu era filha dela mesmo, não era adotiva. Alguns torciam a cara, mas ela não ligava. Eu agora era doutora, como ela sempre sonhou, seu orgulho, seu milagrezinho.

Desviei os olhos e vi a menina correndo na frente do púlpito, já estava grandinha. Foi quando senti uma fisgada, uma dor estranha na barriga, que se mexeu em pontadas que eu já conhecia: estava grávida de novo.

Na entrada do templo, um homem alto e forte, em pé, me olhava. Mas quando eu o percebi e o encarei, ele lançou um último olhar e foi embora. Era branco como eu.

28.

TEM DIAS QUE VOU ESCREVER e só sai uma frase miserável, às vezes uma palavra que, tenho certeza, vou abandonar no dia seguinte. Mas é a maldita, ou melhor, a bendita palavra que puxa o fio do novelo da história.

O nome pode dizer muito de quem é a pessoa, pelo menos na literatura. Mas na vida real, o nome diz muito mais sobre quem o escolhe. Acho tosco quem mal sabe falar direito e dá nome estrangeiro pra criança. A vizinha colocou o nome de Franklin Johnson no filho dela. A língua dela prende e a pronúncia fica horrível toda vez que ela chama o infeliz. Diz que é nome de presidente e que toda pessoa importante tem dois nomes.

Um só não é suficiente. Não falo nada, só reviro os olhos.

Não sou boa com nomes, nunca fui. Nenhum personagem das minhas histórias tem nome, porque não consigo escolher. E eles seguem sem nome, podendo ser qualquer um, o leitor, a leitora ou até eu mesma. É só estar no mundo, porque a realidade, às vezes, é muito mais absurda que a ficção.

Nesse ponto eu queria ser como minha mãe, saber aproveitar o pouco. Criar com o pouco. Ela gostava de remexer o lixo e montar pequenos objetos. Bolsas, tapete com restos de pano e tampa de latinha, porta-lápis com resto de caixa de leite. Depois que adoeceu e deixou de trabalhar, a mania de chafurdar no lixo aumentou.

Era vergonhoso vê-la assim, mexendo na sujeira, embora, no fundo, eu gostasse de vê-la transformando o que era inútil em coisa de valor. Relíquias, como ela dizia. Ela era uma artista e não sabia. Eu também não sabia dizer. A gente troca-

A FILHA PRIMITIVA

va o mínimo de palavras, porque toda conversa acabava voltando pro fato de eu ainda não ter aceitado Jesus e que eu precisava me arrepender dos meus pecados. Então, às vezes, eu só ficava silenciosa, observando ela fazer suas coisas.

29.

ACHO UM SACO DAR AULA. Então enrolo e faço as coisas do jeito que eu quero. No fim das contas, a diretora só quer mesmo que os alunos passem de ano; a gente pede os trabalhinhos e pronto. Ela nunca aparece na escola e só vem pras reuniões de alinhamento. Ou seja, pra brigar e dizer que a gente tem que fazer do jeito que ela quer, porque, como ela faz questão de ressaltar, *cobram dela.*

Os meninos estão se lixando pra escola, só vêm pra comer essa merenda de merda e beber água potável de graça, porque lá em Guaiuba falta muita água, toda terça e quinta é certo.

Não dou aula de gramática, pulo logo pra literatura, que acho mais interessante. Às vezes eles se empolgam em me ver sentada no birô branco da sala com as pernas cruzadas, lendo uns versos do Pessoa ou contando a história do psicopata do Bentinho. É isso que dá ficar com boy ciumento, digo e eles acham graça. Tem vezes que consigo ser uma professora divertida.

Na maioria das vezes, estou mais fúnebre e falo da Emma Bovary, minha personagem preferida. Falo de como ter uma criança pode ser a desgraça de toda mulher, olhando no olho de cada menina na sala, como um aviso. Reforço que a Emma ficava presa, não podia nem ler porque era considerado perigoso.

Perigoso?, eles perguntam.

Perigoso, porque as mulheres começam a ter ideias, a questionar e desejar outra vida que não é a que eles oferecem, a que eles propõem.

Eles quem?

Os homens, sempre os homens.

Reviro os olhos.

Olha só, meninos, não se tornem homens escrotos, façam-me o favor.

A FILHA PRIMITIVA

Eles ficam com os olhos arregalados, meio sem entender, mas sentindo a raiva em mim. Tem vezes que perco o controle e misturo ficção e realidade, porque elas são assustadoramente parecidas.

A Emma quis jogar a filha na parede pra morrer.

Nossa, que cruel, professora! Quem faria isso com uma criança inocente?, uma garota que sentava na primeira fileira um dia perguntou.

Qualquer pessoa, qualquer mãe. Você ainda não sabe nem entende o peso que é viver, e viver sendo mulher, garota. Treze mulheres são assassinadas por dia no país. A maioria é morta em casa e muitas delas por arma de fogo do próprio companheiro, esses que a Justiça solta, alegando que apenas defenderam sua honra. Na realidade, não é com Emma Bovary que você deve se preocupar. Andem, abram o caderno e escrevam uma redação sobre a violência contra a mulher no Brasil. Procurem dados, fotos, vídeos, documentários, vocês têm que acordar de uma vez por todas e perceber o mundo em que estão vivendo.

Eles abriram o caderno assustados, sem conseguir me encarar, os mais atrevidos tinham coragem de cochichar com o colega ao lado, deviam dizer que a professora era louca.

30.

EU FINALMENTE DESCOBRI como fazê-la falar sobre o José.

Já tinha deixado tudo preparado. Remedinho e mamadeira com água dentro da bolsa. Peguei a menina no colo, coloquei a mochila nas costas e deixei um recado: "Quando você decidir me dizer alguma coisa sobre o José, pode ser tarde demais." Gostei de dizer "José" e não "meu pai". Escrever seu nome foi o mais próximo que tinha conseguido chegar dele.

Pegamos o ônibus no terminal da Parangaba. Estava cheio, mas subi pela frente e me deram a cadeira preferencial. São pequenos atos que nos fazem perceber que somos mães. Esse era um deles. Mesmo assim, a sensação de pertencimento não vinha. Desci do ônibus e caminhei por aquelas ruas com a menina no braço até alcançar a ponte. Ela parecia confortável no meu colo. Subi no espigão abandonado e segui. As ondas batiam na madeira em decomposição, os garotos cheirando cola me olhavam, assustados, provavelmente pensando quem era aquela mulher.

A frieza do mar arrepiava meu corpo e o da menina. Só havia os garotos ao longe, não se importando com nossa presença ali. Chegamos ao final da ponte, e desci. A maré estava alta, as ondas batiam nas pedras ainda mais forte do que na madeira, os pingos iam pra todos os lados.

Sentei a menina na pedra grande, percebi que já estava durinha, se sustentava reta, sem cair. Se minha mãe tinha sido capaz de me enganar a vida inteira, me esconder um pai, mentir sobre meus avós, arrancar de mim as raízes, eu também era capaz de muito mais do que ela imaginava.

Não sou de brincadeira, não tenho senso de humor.

A FILHA PRIMITIVA

O telefone tocou. Ouvi aquela voz desesperada e não entendi nada. Pedi pra ela falar devagar, disse que só queria saber um pouco sobre ele, nada demais. Era um preço justo. Uma troca. Ela começou a chorar no telefone. Perdi a paciência, me levantei e então escutei.

Eu te falo sobre o José.

Antes de desligar o celular, coloquei o aparelho no viva-voz e deixei ela ouvir o barulho do vento, das ondas. Coloquei a menina no colo.

Vamos voltar para a ponte?

Antes que ela dissesse mais alguma coisa, desliguei.

31.

IMAGINEI QUE MINHA CONVERSA com ela seria demorada quando eu voltasse com a menina. Então, segui o exemplo de uma colega de trabalho. Quando os filhos eram pequenos, ela colocava remedinho pra eles dormirem e ela passar a noite toda dançando no forró. No outro dia as pragas acordavam vivinhas, nunca tiveram problema. As crianças eram maiores, ok. Um tinha quatro anos, e o outro, sete. Então, era só dar uma dose menor. Talvez assim a menina me deixasse dormir uma noite toda.

Cheguei com a menina dormindo no meu colo.

No fundo, eu sabia que ela ia ligar e salvar a menina porque depositava nela toda a esperança de que um dia eu me convertesse, de que a menina fosse nossa redenção. Todo mundo tem que se apegar a alguma coisa pra continuar vivendo.

O que você fez com a menina, pelo amor de Deus? Nosso Senhor, graças a Deus, a menina está viva. Sua excomungada, o que você ia fazer com ela?

Calma, ela está só dormindo.

Coloca ela no berço e volte aqui, que agora a gente vai conversar sobre o José.

A menina está gelada, meu Deus, podia ter morrido, o que eu ia fazer? Virado anjo, não quero nem pensar.

Não é você quem diz que criança quando morre vai logo pro céu sem pecado, e nem é julgada? Eu ia fazer um favor pra ela.

Vira essa boca pra lá, sua endemoniada, vira essa boca pra lá, disse, apertando a menina

A FILHA PRIMITIVA

caída num sono da Bela Adormecida com a ajudinha do Muricalm.

Bora que minha paciência está acabando.
Coloca logo ela no berço antes que eu faça uma
besteira.

Outra?

Outra. Muito pior.

Ela voltou. Viu que eu não estava brincando.

Anda, desembucha.

Cidade do interior não tem muita coisa pra
fazer. De tardezinha, o povo vai tudo pra calçada.
Eu gostava de ir pra rodoviária, sentar num banco
e ver os ônibus indo e vindo até o sol se pôr.

Bora, não enrola.

Eu sonhava com o dia que iria embora dali
para estudar na capital. Era pobre, não tinha
dinheiro nem pra passagem. Na época, sete e
cinquenta. Não sei que dia, não sei como, o José
notou aquela garota toda tarde sentada no mesmo
banco, com os olhos perdidos no nada, e veio falar
comigo. Ele já era homem feito. Eu quis ignorar,

não é bom falar com estranhos. Mas ele passou a se sentar comigo sempre, a jogar conversa fora, e aos poucos deixou de ser um estranho.

Onde é que ele morava?

Não sei, nunca soube.

Sua mentirosa!

É verdade, minha filha, tenha paciência, eu vou lhe contar tudo o que sei, tenha paciência.

Então continue.

Por hoje basta, por favor. Só por hoje, tenha piedade, não é fácil contar. Agora deixa eu cuidar da menina, ver se ela está bem. Amanhã, quando ela acordar, eu conto, prometo.

32.

EU PODERIA OBRIGÁ-LA A FALAR tudo de uma vez, já que tinha cedido, mas decidi que agora queria que ela me contasse cada detalhe bem devagar.

Depois de tanto tempo de tortura chinesa, eu era a menina do conto de Clarice, queria gastar a felicidade aos poucos. Capítulo por capítulo, como num livro. Sei que me diria a contragosto. Mas ela tem talento pra contar histórias. Se não fosse analfabeta, quem sabe, poderia ser escritora.

O estudo às vezes não serve pra nada, não elimina a imbecilidade. A tirar pelo Otton, professor universitário com uma pilha de títulos e um Lattes que, se impresso, dava um livro. De que serviu tanto estudo? Pra ele vir me atormentar porque não soube lidar com um não? No pós-doc não lhe ensinaram a lidar com rejeição e a saber que a vida não gira em torno do seu pinto?

Uma vez minha mãe me perguntou o que eu tinha visto nele e como eu consegui ficar com um homem tão velho assim. Talvez, se fôssemos mais íntimas, daquele tipo de mãe e filha que são amigas, ela perguntaria se ele funcionava na cama. Eu responderia que sim. Funciona muito bem. Mas acabou todo o tesão por ele no dia em que me disse, na cama, que queria ser pai de novo, comigo. Que eu era nova, saudável e a gente podia ter muitos filhos ainda. Que estava perto de se aposentar, ia cuidar deles enquanto eu estudasse, fizesse doutorado, eu só precisava parir. Cretino! Como se eu fosse um repositório de esperma. Pensava isso porque não era ele quem ia parir. Filho é o caralho! Não me importam seus títulos, seu dinheiro, sua obsessão por mim. Filho nunca mais!

A menina sem pai, um covarde que foi embora quando a barriga começou a crescer. Daí ter outra criança que, em breve, veria o pai ficar

A FILHA PRIMITIVA

gagá, virar criança de novo, mais uma criança pra eu cuidar, sabe-se lá quando ia morrer, não quero de jeito nenhum.

Depois de me dizer isso completamente bêbado e dar vexame na frente da minha casa, não atendi mais suas ligações e evitava cruzar com ele na universidade, a não ser que estivesse na frente de todo mundo. Eu sabia que ele tinha um *éthos* a zelar.

33.

AGORA EU PODERIA DEIXAR DE mentir, dizer que ele morreu, o José, meu pai. Quando a gente diz que está morto, o povo fica com vergonha de fazer perguntas, coloca pedra no assunto, pede desculpa, fica constrangido, fala meus sentimentos, por pura conveniência. Está morto, tive que matar. Ia responder o quê, se não sabia nem o nome? Agora vou poder ressuscitar o morto, meu pai, o José, e dizer que ele está vivo.

Te trouxe um café. Também tem cuscuz com leite, do jeito que você gosta. Não estou te adulando pra você contar a história, não preciso disso.

Ela deve ter ficado feliz, porque tomou um gole do café amargo, depois comeu quatro colheradas do cuscuz, a boca cheia. Vi um sorriso. Ou talvez fosse só ela mastigando. Tomou outro gole de café, olhou pra menina e começou a contar a história sem que eu precisasse insistir. Talvez estivesse gostando de conversar comigo. Afinal, a gente não falava a mesma língua, nossa casa era uma torre de Babel. Mas uma coisa eu senti: ela parecia aliviada. Ninguém consegue guardar um segredo por tanto tempo.

O José pagou minha passagem, a minha e a dele pra vir pra capital a passeio. Me levou no centro da cidade, nas lojas, no Mercado Central, na feirinha da Sé, onde tinha aquele monte de roupa bonita, e eu, nem um tostão. Ele me deu um vestido branco de elastano, minha ciganinha, disse, pegou na minha mão e me levou na catedral. Tinha me pedido em namoro.

Nunca tinha visto uma igreja tão grande daquele jeito, a música santa, o sol batendo no vidro, refletindo o colorido, parecia que eu tinha morrido e já tava no céu. Roubou um beijo. Riu e disse que era o pagamento da viagem, do presente

A FILHA PRIMITIVA

e do guia turístico. Não achei graça. Ele disse
que não tinha problema, que a gente ia casar ali
mesmo na catedral e depois fazer um filho por
ano pra ter gente suficiente pra trabalhar na roça
com ele. A gente ia ter um monte de filho, um
deles também ia se chamar José, como o pai. Eu
sorri e contei pra ele que queria estudar. Besteira,
não precisa saber ler e escrever pra cuidar de casa,
cuidar de menino, ter filho. Bati o pé. Não precisa,
mas eu quero. Me chamou de geniosa, ingrata,
mal-agradecida, me puxou pela mão, depois me
arrastou até a parada de ônibus pela rua de pedra
no centro. Subimos no primeiro Fretcar que passou. Ele foi o caminho todo calado. Ia devolver o
vestido pra ele, mas achei tão bonito. Deu, tá dado.
Agarrei a sacola com o vestido com as duas mãos
e desci na rodoviária de Guaiuba. O José seguiu,
não me disse uma palavra.

Seguiu pra onde?

Não sei. Talvez Acarape, Redenção, Baturi-
té, algum distrito ali perto. Nunca soube ao certo

onde ele morava. Só sei que ele ficou com muita raiva de mim naquele dia. Dava pra ver todo o ódio refletido na bila do olho dele. A pior coisa no mundo é quando um homem sente ódio de uma mulher.

34.

CEDI AOS PEDIDOS DELA, COMPREI um álbum de fotografias. Na volta do trabalho parei no shopping e revelei treze fotos. A linha do Fretcar parava perto e decidi que ia fazer diferente da minha mãe. A menina teria fotografias para lembrar o passado, para não se sentir um pedaço de gente que vagueia no mundo, no limbo.

Fui no quarto, peguei um saco de dentro da mochila, joguei em cima da mesa o álbum e o envelope das imagens. Minha mãe deu um sorriso e as tomou nas mãos, em seguida, abriu o embrulho fino.

Só essas?

Foi o que o dinheiro deu.

Depois tem que revelar mais.

Fiquei reparando minha mãe mexer nos retratos. Começou a organizar em ordem decrescente, da mais recente pra mais antiga, a menina maiorzinha, depois recém-nascida. Pegou uma das fotos e a colocou no canto da mesa, enquanto folheava o álbum, o mais barato que encontrei.

Na imagem deixada de lado, a menina tinha acabado de nascer. Eu estava na Maternidade Escola, ainda com dez quilos a mais, inchada, amamentando a bezerra com meu peito caído. Dava pra ver as estrias repuxando a pele, o peito pequeno, mas cheio de leite, a menina sugando, o outro peito espirrando o líquido branco, minha vista embaçada, eu meio tonta, fingindo estar bem só pra ter alta e sair logo dali.

E essa foto, você não vai botar no álbum?

Não, muito imoral, tá mostrando o teu peito inteiro.

É só um peito, mãe.

Ela não disse mais nada. Mesmo assim, deixou a foto de canto. Eu devia ter imaginado, isso era bem a cara dela. Acho que ela nunca se viu no espelho nua. Deve ser daquelas que toma banho rápido, pedindo perdão a Deus e olhando pro teto pra não ver o próprio corpo.

35.

NA UNIVERSIDADE, VI OTTON COM os outros professores. Não conseguiu fingir, me olhando do alto da janela do Departamento de Letras. Eu estava ficando com o Beto, que trabalha numa xerox em frente à universidade. Sentados em uma das mesas da cantina, Beto apertou minha perna. Logo depois, sussurrou no meu ouvido pra onde a gente pode ir?. Eu pedi pra ficar mais um pouco.

Ele beijava meu pescoço, apertava minha coxa, que saltava pela fenda do vestido. Otto, de *voyeur*, ficou distante. Beto não tinha títulos nem satisfação pra dar a quem quer que fosse, e isso era muito gostoso, me deixava com tesão.

Depois, fomos pra Casa Alemã, um prédio rosa mais afastado de todos, batizado pelos alunos como o motel da universidade, aonde uns iam pra dar uns amassos, e outros, os mais corajosos, pra trepar mesmo. O olhar de Otton deve ter nos seguido até onde pôde, lembrando a geografia do meu corpo, que ele já conhecia, e, com ódio, imaginando aonde estávamos indo.

36.

HOJE É DOMINGO, NÃO É dia de profanar o Senhor, minha filha.

Besteira, ele não ama e salva os pecadores?

Ela largou em cima da mesa os objetos que pegou do lixo. Entre eles, um corpinho de boneca inacabada, feita de retalhos de pano e botões velhos, que ia dar pra menina.

Pode continuar fazendo a boneca. Você conta sobre o José e continua fazendo, não tem problema.

Não, vai trazer coisa ruim pra menina, não quero. Eu quero é me livrar dessa história, mas você não me deixa quieta, minha filha, por quê?

Porque eu preciso saber quem é o meu pai.

Você não tem nada dele, minha filha. Nada. Só a pele branca e a raiva.

É um direito meu, preciso saber. Por favor.

Ela me olhou com espanto e me assustei com o que disse. Baixei os olhos tentando disfarçar meu constrangimento.

Se é o que você quer, minha filha…

Deu um suspiro triste, baixou os ombros e voltou a contar.

O José ficou uns dias sem aparecer. Depois a raiva passou e ele me procurou. Eu tava com o vestido branco que ele me deu. Falou que eu tava bonita, quis me dar outro beijo. Não deixei. Reparou na cor da minha calcinha, Deus tenha misericórdia! Disse que o cabelo volumoso e armado que eu tinha era bom de puxar na hora de fazer aquilo. Disse, com o bafo de cachaça na minha cara, que a gente ia casar na catedral, que eu ia ver, que todo mundo ia ver que eu ia ser dele. Eu me afastei e disse que não, que não queria mais, que não queria ele daquele jeito, bêbado. Ele riu

A FILHA PRIMITIVA

e falou que eu ia ser dele de um jeito ou de outro, que eu não esquecesse disso.

Dessa vez as palavras dela tropeçaram num choro, e eu senti vontade de lhe dar um abraço.

Por hoje é só, depois você me conta o resto. Ela me olhou surpresa. Só mais uma pergunta: o que você fez depois disso?

Não tinha muito o que fazer, respondeu enxugando as lágrimas.

37.

CHEGUEI EM CASA, COMI O resto do cuscuz diretamente da panela. Peguei na menina com as mãos sujas, minha mãe brigou e mandou eu me lavar, que eu vinha da rua. Tirei a roupa e fiquei em cima da cama, esperando a hora em que ela brigaria comigo de novo.

O celular vibrou. Abri o e-mail, pensei que fosse alguma cobrança da pós ou mais um aviso de cadastramento de uma banca de defesa. Era o anúncio do falecimento do Otton. Coitado, nem pôde aproveitar a aposentadoria e o afastamento da universidade. Faltava pouco, não ia demorar muito. Fiquei imaginando a causa da morte, omitida no e-mail.

Adorava sua biblioteca enorme, era meu refúgio, quando passávamos as tardes na casa dele, conversando sobre Sartre, Blanchot, Agamben. Era um homem culto. Era gostoso quando a gente trepava, mas sempre perto de terminar eu achava que ele ia morrer. Era por isso que eu gostava tanto dele. A vulnerabilidade diante do meu corpo, o pouco tempo que ele tinha, a morte iminente. Foi de manhã, depois de vê-lo tomando meia dúzia de remédios na cozinha, com a mão no coração, que decidi: eu só ia me relacionar com homem assim como ele, que não tivesse como me fazer mal. O Beto era só uma distração. Eu queria mesmo era causar ciúmes e fazer o Otton esquecer aquela ideia idiota de ter filhos.

Li de novo o e-mail, custando a acreditar naquilo. Pensei em ir ao velório, mas logo mudei de ideia. Não era assim que eu queria me lembrar dele. Mudo, sem ler poesia pra mim, sem as rugas ao redor dos olhos quando sorria. Com

A FILHA PRIMITIVA

aquela maquiagem fúnebre ridícula, o terno que ele odiava e rodeado de flores mortas.

Chorei, sozinha, constatando que a minha vida era um inventário de perdas.

38.

NO TESTAMENTO, ELE DEIXOU OS livros pra biblioteca da pós. Já devia saber que ia morrer. Fiquei melancólica com a morte dele.

Tirando os excessos com a bebida, ele era inofensivo, uma boa pessoa. Caso contrário, tinha matado em vez de morrer. Mas falo isso só porque estou triste, defender homem não é comigo. Sei do que são capazes.

Entrei na biblioteca e fingi olhar as obras nas estantes.

E esses livros aqui nessas caixas?

São do professor Otton, que morreu. Chegaram hoje e ainda não estão catalogados. Mas na semana que vem você já consegue pegar.

Posso só dar uma olhadinha?

Claro.

Vasculhei os livros, meio empoeirados. Espirrei e, finalmente, entre exemplares e caixas, encontrei aquele do Pessoa que ele lia pra mim. Abri a capa e vi um haicai que ele escreveu à caneta-tinteiro na última noite em que ficamos juntos.

pernas, braços, corpo
pontes para o infinito
amor sem lei

39.

ANDAMOS ATÉ A MERCEARIA DO ZÉ, minha mãe queria ser a primeira a pegar as frutas recém-chegadas, carregava a menina encaixada no quadril direito. Foi bonito ver as duas assim, feito bicho, coladas, como se a carne de uma fosse o prolongamento da outra. Minha mãe tinha escoliose e vez ou outra reclamava da dor. Mas quando estava com a menina, esquecia. A dor ia embora e eu via que estavam felizes, as duas.

Não me olhe desse jeito, filha. Isso não é jeito de encarar mãe. Hoje não tá doendo tanto. A culpa não é da menina, o trabalho arregaçou minhas costas, esgarçou meu lombo. Depois de tanto tempo trabalhando como empregada, agora eu só cuido dela.

Apressou o passo pra não ouvir minha reclamação, tombando na rua mal asfaltada, tropeçando na própria saia longa com a menina no braço.

Entrou na mercearia.

Vou ficar aqui fora, não gosto desse homem.

Mas que implicância a sua. Vem com a gente. Dia de quarta quem fica lá é a mulher dele.

Entrei e peguei logo a banana madura. Cheirei antes de colocar na sacola, meu ritual onde quer que eu esteja. Veio a lembrança do Otton cortando as frutas pra gente no café da manhã. Banana, maçã, manga, kiwi. Suco de laranja. Perguntei se ele sempre tinha sido esse homem *fitness* ou se era pra compensar a bebida e aliviar a consciência. É difícil manter a compostura comigo, mas ele se limitou a responder que há alguns anos tinha mudado os hábitos alimentares e corria todas as manhãs no calçadão, depois que tomava banho no mar.

A bebida era apenas um hobby de final de semana.

A FILHA PRIMITIVA

Incrível como o ser humano gosta de se enganar. O Rui, da secretaria, me contou que na autópsia, além do derrame, deu princípio de cirrose. Uma pena. A gente podia ter curtido junto se ele não tivesse vindo com essa história de filho. Deus me livre. Bati na boca três vezes. Que droga! Esse negócio de enfiar Deus em qualquer frase pega.

Foi quando tirei o olho das bananas e afastei o pensamento de Otton que vi aquelas mãos segurando a menina. Ela, do lado, ingênua demais pra enxergar o diabo na frente. Era o Zé em carne e osso, nada da mulher, era ele mesmo tocando as perninhas roliças da menina, babando feito bicho--papão, fingia brincar com ela, pra acostumá-la com a mão quente, gerar confiança, mesmo a avó por perto, espreitando e provando o gosto pra, no futuro, tocar seu corpo crescido como fez comigo.

Arranquei a menina dali, muito mais do que transtornada. Ah, com ela, não, ele não ia fazer isso! Se fosse preciso eu tocava fogo naquela bodega maldita e mostrava com quem ele estava mexendo.

Não tinha mais cordão umbilical, a menina não mamava mais. Era a raiva agora que passava pra ela, de mãe pra filha. Não foi o parto, não; não foi a contração, não; não foi dar o peito, não; foi a raiva que me tornou mãe.

AVÓ

"Se a maternidade é o próprio sacrifício, o destino de uma filha é a culpa que jamais poderá ser resgatada."

Milan Kundera

40.

TENTAVA ESCREVER QUANDO a cantoria começou na cozinha, louvores com o barulho da louça, do apito da chaleira. Ela cantava à capela. A palavra "neve" saiu da sua boca e veio parar no meu papel, intrometida, que nem quando eu disse Deus me livre! Mesmo cética, descrente, sem acreditar em nada do que ela dizia, nessa doutrinação de cada dia que havia de acabar.

Fui até a cozinha e chutei a cadeira. Ela tomou um susto. Desceu do céu e deu de cara com as portas do inferno. Minha expressão de ódio com o dedo apontado pra ela.

Essa tua religião não serve pra nada. Não cura, não protege, não salva.

Cuidado com a língua, minha filha. Da boca procede bênção e maldição, não tropece na palavra.

Você está cega! Sabia que você entregou sua netinha querida na mão de um molestador? Ele ali se deliciando com a menina, de pau duro, um pedaço de carne como qualquer outro que ele vende naquela bodega imunda; um dia eu toco fogo naquele lugar.

Pelo amor de Deus, minha filha, não diga isso.

Digo sim, digo mais. Você precisa descer desse púlpito e enxergar a vida como ela é, porque tua fé inútil não vai te salvar, não me salvou, não salvou minhas mãos de ter que masturbar aquele velho imundo até ele gozar nos fundos daquela bodega maldita, quando você estava muito ocupada e me mandava comprar as coisas. Ah, não quer ouvir? Quer viver no teu culto eterno? Venha pra Terra, que isso é só o começo e você não sabe da missa um terço. Sabe essa marca aqui no meu peito, essa cicatriz? Não foi a menina, bem que eu queria. Bem que eu queria que ela não tivesse vindo pra esse mundo desgraçado pra sofrer, eu te disse. Pode ficar calada, agora é minha vez de falar. Daqui a pouco você fala, mas agora vai ouvir tudo que está entalado aqui dentro. Sabe quando encontrou sangue na minha calcinha e achou que eu tinha menstruado com onze? Ah, não quer saber? Melhor viver alienada, né? Melhor não saber, se esconder na muleta da fé que nunca salvou ninguém de estupro, que nunca salvou ninguém de fome, porque nem só de pão vive o homem. Eu li, eu sei. Não adiantou de nada eu ler? Não entrou no coração? Jesus me ama? Ok. Morreu na cruz por mim? Ok. Ele e o pai? É isso mesmo. É justamente aonde eu queria chegar, pois já perdi a paciência faz tempo. Vamos, desembucha, sua mentirosa, eu quero saber logo a história toda do José. Me privou a vida inteira de saber quem era meu pai, eu tenho direito, sabia? Fala logo e para de me enrolar. Estou preparada, desembucha que eu quero logo saber do tipo de homem que ele é.

Agora vai chorar? Fugir? Ah, não vai, não, não vai mesmo!

Peguei a cadeira que eu tinha chutado, coloquei no lugar e disse, senta aqui e me conta.

41.

SOLTA A MENINA, VOCÊ ESTÁ machucando ela. Por favor, não faz nada com ela, nem com você. Vocês duas são tudo o que tenho. Se você quer mesmo saber, eu conto. Eu nunca contei nada do teu vô e da tua vó porque eu fui jogada numa lata de lixo. Meus pais adotivos eram brancos e me pegaram pra ser a empregada da casa. Nunca me deixaram estudar. Graças a Deus, aprendi a lavar, passar, limpar e foi com isso que eu criei você, e olha como você ficou uma mulher bonita. Espera, calma, eu vou contar. Por isso toda tarde, sentava depois de terminar o serviço pra ver se via minha mãe de sangue, se ela passava ali e eu reconhecia meu rosto preto no dela. Sonhei que ela vinha e que nosso rosto era igual, só que ela mais velha. Ela chegava na rodoviária com uma mochila surrada nas costas me procurando, mas eu já tinha achado ela primeiro. Então corria pra me aninhar nos braços dela, aquele abraço que eu desejava toda noite antes de dormir. Ela, séria, sussurrava no meu ouvido, minha primogênita. Naquele momento soube que não era necessário perdoá-la nem saber seus motivos. Ela tinha o cabelo rente à cabeça, raspado. Eu passava a mão na sua cabeça e me sentia em casa. O sonho nunca se tornou realidade. Fico me culpando e me perguntando, se eu não tivesse voltado pra Fortaleza, quem sabe eu poderia ter achado ela? Foi ali, sentada que conheci teu pai, o José. Ele se engraçou comigo de cara, me levou pra passear, me deu vestido, roubou beijo. Calma, minha filha, eu sei que isso já te contei, é só pra lembrar e não perder o fio da meada. A gente não leva uma cruz maior do que pode carregar, é nisso que eu me apego. Teu pai era homem forte, bruto, violento. E bebia muito.

A FILHA PRIMITIVA

Não queria que eu estudasse. Logo que a gente começou a namorar ele disse que queria casar, me embuchar. Eu disse que não, que queria me educar, só tinha feito até a primeira série e aprendido a escrever meu nome. Tava decidida: não ia deixar de ser empregada num lugar pra virar empregada em outro. Eu não queria mais casar com ele. Depois que perdi a esperança de encontrar meus pais biológicos, meu sonho era ir pra capital, me formar, ser professora. Mas você realizou esse meu sonho, minha filha. Você realizou e ainda vai ter diploma de doutora, em nome de Jesus! Não tô enrolando filha, calma, eu tô contando. Ele achava que mulher que estuda não obedece marido, vira puta. Engrossa o pescoço, passa a ter ideia, quer mandar no homem, e perguntaram se ele ia deixar isso ficar barato. Numa tarde, foi numa segunda, eu lembro, meus pais adotivos tinham ido no Acarape pegar um dinheiro e fiquei limpando a casa, no quintal botando a roupa pra quarar. Como sabia que ia ficar entretida com

157

as roupas, podia não ouvir eles chamando, aí deixei a porta aberta pra quando voltassem. Foi quando teu pai me visitou pela segunda vez. Ele chegou com o cão nos couro. Não, minha filha, por favor, não me obrigue a contar, por tudo que é mais sagrado, eu te peço, não me obrigue. Está bem, está bem, se é o que você quer. Naquele dia, eu ouvi o barulho do ferrolho, da tranca na porta. Era teu pai. Senti de longe o bafo de cachaça. Fez sinal pra eu não gritar, levantou a blusa e mostrou a peixeira no cós da calça. Disse que se gritasse ia ser pior. Não sei como sobrevivi. Pelo amor de Deus, minha filha, você é inteligente, tá estudando pra ser doutora, não preciso dizer o que teu pai fez comigo. Precisei ser toda ponteada lá embaixo. Os médicos disseram que foi um milagre eu ter sobrevivido e que meu santo era forte. Não sabem de nada, forte mesmo é o meu Deus vivo, que não quis que eu morresse naquele dia pra ver você nascer e crescer, minha filha. Teu pai me deixou lá, jogada no chão da casa, cuspiu em mim, puxou meu cabelo e fez um corte com

A FILHA PRIMITIVA

a peixeira no canto da minha boca, essa marca aqui. Disse que eu nunca mais ia olhar na cara dele e que queria ver eu conseguir estudar. Disse que eu nunca ia ser professora, não. Que eu era puta e preta, e que aquele corte era pra eu aprender a não falar demais. Naquele dia eu descobri que palavra rasga mais que faca no corpo. O primeiro puta foi do teu pai que eu ouvi, o segundo foi dos meus pais adotivos, que me mandaram embora assim que tirei os pontos no hospital. Antes de ir, raspei o cabelo, feito minha mãe, e prometi que nunca mais ia deixar crescer pra homem nenhum no mundo querer arrancar aquilo que era meu. Quando fui embora e me viram com o cabelo raspado, sorriram de um jeito debochado, depois disseram que agora mais do que nunca eu parecia uma escrava. Gente preta não presta nem pra ser empregada; ou vira bandido, ou vira prostituta. Fui embora com as únicas coisas que eram minhas: você no bucho e a roupa do corpo, o vestido branco que teu pai me deu.

42.

NO SÁBADO LEVANTEI COM A menina chorando. Estranhei que minha mãe não tivesse aparecido minutos antes. No fundo eu gostava disso, porque minha mãe tinha um jeito de fazer a menina calar a boca e eu podia escrever em paz.

Deixei a menina chorando na cama, coloquei um brinquedo ao lado dela e fui à cozinha. Senti um alívio quando vi as panelas no fogão, a comida já feita, ela devia voltar já. Talvez tivesse ido na vizinha.

Eu não tinha paciência, nunca tive. Não sabia o que fazer, e perder o controle era o que mais me assustava. Tentei colocar a menina no colo, encaixada ao lado do meu quadril direito, como minha mãe fazia, e comecei a caminhar pela casa. Ela não parava de chorar.

Voltei à cozinha, esperando minha mãe retornar, e botei a menina em cima da mesa. Fui até a janela velha, olhei lá pra fora, os meninos brincando no meio da rua, as mulheres na calçada. Nem me importei de colocar minhas mãos no ferro da janela que devia ter minha idade. Se acreditasse em Deus faria um pedido, uma prece. A menina voltou a chorar e minhas mãos ficaram sujas de ferrugem.

Peguei uma caixa de gelo e joguei perto dela. Quando viu os cubos transparentes se movendo pela mesa e tomou susto ao sentir a temperatura deles, finalmente cessou o choro.

Com o tempo os gelos iam derreter por completo e a menina ia ficar molhada, assim como a mesa; a água talvez passasse pro chão. Qualquer coisa era melhor do que vê-la berrar.

Enquanto a menina levava um cubo de gelo à boca, tentando chupar e soltando logo em

A FILHA PRIMITIVA

seguida, fui ao portão de ferro e olhei pela fresta, pra ver se ela já estava voltando. Nada. Minha mão cheirava a ferrugem. Olhei pro relógio na parede, já era uma da tarde. Ela sempre almoçava ao meio-dia.

Levei a menina pra tomar banho comigo, os cubos ali derretendo. Quando voltei, a mesa e o chão estavam ensopados. Nenhum sinal da minha mãe. Apanhei o resto de sopa dentro da geladeira pra alimentar a menina, levei um choque na parte descascada da porta. Dei a sopa gelada mesmo. A menina comeu tudo e ficou me olhando. Não, eu não sei onde ela está. Fomos para o quarto e, deitadas na cama, comecei a balançá-la. Tentei lembrar de uma música de ninar, não veio nenhuma na cabeça. *Não quero lhe falar, meu grande amor, das coisas que aprendi nos discos.* Em pouco tempo a menina dormiu. Eu não preguei o olho. A barriga roncou de fome, mas não tive vontade de comer.

Fui à cozinha, guardei as panela na geladeira, puta merda, escorreguei na poça de água no
chão e deitei de novo perto da menina, esperando,
a barriga roncando. Não fiz mais nada durante
o dia.

43.

NA MANHÃ SEGUINTE, acordei assustada com um barulho na cozinha. Levantei devagar, andando na ponta dos pés e fiquei espiando por trás da porta minha mãe fazendo a comida. Tirou as panelas da geladeira e começou a fazer capitão.

Gosto de vê-la fazendo capitão. Ela cata no fundo da panela um pouco de arroz, feijão, queijo, cuscuz, amassa, soca bem, aperta com uma das mãos, com a outra, com as duas, até cada resto de comida perder a forma, a consistência, deixar de ser caroço, virar comida da infância, lembrança, capitão.

Saio de trás da porta, ela me vê, me sento no chão gelado da cozinha e a observo comer, na mesa, com as mãos. Cada mordida, o jeito que limpa os dedos na barra da saia e toma uma golada de suco a cada pausa. Ela coloca o capitão no segundo prato pra mim, o cheiro gostoso, o embrulho no estômago pedindo comida, a fome aumentando. Um nó na garganta. Outra fome. A de abraçar aquela mulher de saia longa na minha frente. Faltam os braços, os abraços, falta a voz. Faltam o gesto não dado, a experiência, a coragem.

Fecho os olhos e imagino que estou com meu caderno e caneta na mão. Nós três. O fio que tece essa história, que conduz a narrativa, entrecruza a trama — avó, mãe, filha. Entrego o caderno pra ela. Ela segura, faz carinho nas páginas, observa minha caligrafia, que pra ela é desenho.

Minha mãe me pergunta:

Você lê pra mim?

Sorrio, acaricio sua cicatriz perto da boca e respondo:

A FILHA PRIMITIVA

É a minha vez de lhe contar uma história.

Abro os olhos, minha mãe ainda está lá. Sinto um alívio. Crio coragem, me levanto do chão e me sento junto dela, que ergue os olhos e diz:

Come, filha, vai esfriar.

POSFÁCIO

EM *A FILHA PRIMITIVA*, SEU primeiro romance, Vanessa Passos nos oferece uma narrativa tocante e profunda sobre a ausência e os efeitos das relações familiares, centrando-se na jornada de uma filha sem nome que nunca conheceu o pai. A ausência paterna, só quem vive essa experiência sabe, é uma sombra persistente que permeia nossas vidas. A autora descreve com uma visceralidade incomum a relação entre a filha e a mãe, e entre a filha e sua filha. Três gerações com convivências marcadas por desencontros e silêncios, revelando uma sensação constante de incompletude e solidão.

O fato de as personagens femininas não terem nome é um detalhe essencial para o entendimento dessa história tão comum no Brasil.

A escolha estilística sugere que as experiências vividas pelas personagens são universais e transcendentes, representando as muitas mulheres que passam por situações semelhantes fora da ficção. Na história, elas são silenciadas e invisibilizadas através de seus papéis sociais e familiares, o que funciona como uma crítica sutil às limitações impostas às mulheres pela sociedade e pelas expectativas familiares.

A narrativa se concentra nos conflitos internos da protagonista, explorando como a dificuldade em estabelecer conexões afetivas com sua mãe e com sua filha influenciam suas escolhas e percepções do mundo. Mergulhamos numa busca íntima por identidade, tanto pessoal quanto familiar. A linguagem é sensível, ácida, poética e muitas vezes introspectiva. Entramos em contato com interações que são carregadas de significado, cada diálogo ou silêncio representa algo mais profundo do que apenas o que é dito ou calado. Ainda, a busca pelo conhecimento acadêmico como forma

A FILHA PRIMITIVA

de redenção e compreensão da própria realidade torna a protagonista ainda mais instigante e provocadora. Fugir da aridez da sua casa e preencher os vazios existenciais são desejos permanentes que acompanhamos com cumplicidade.

Tratar das complexidades da maternidade tem sido necessário e urgente para nossa geração de mulheres. Nesse sentido, Vanessa Passos nos presenteia com a rebeldia essencial para quebrar os tabus sobre esses temas. Tocar nas feridas das relações desiguais de parentalidade provoca uma reflexão sobre como as figuras familiares – mesmo quando ausentes ou distantes – moldam nossa vida e exercem uma influência poderosa em nossas identidades.

Susanna Lira,
premiada cineasta brasileira, dirigiu, entre outros filmes, *Fernanda Young, foge-me ao controle* e *Nada sobre meu pai.*

A primeira edição deste livro foi impressa nas oficinas da
DISTRIBUIDORA RECORD DE SERVIÇOS DE IMPRENSA S.A.
para a EDITORA JOSÉ OLYMPIO LTDA., em julho de 2025.

★

90º aniversário desta Casa de livros, fundada em 29.11.1931.